文・圖｜西本康子

　　1978年出生於日本兵庫縣，在寶塚市長大。畢業於武庫川女子大學初教系。

　　2007年獲得「第三屆逗子兒童文學獎手作繪本」最優秀獎、第29屆講談社繪本新人獎，2008年出版處女作《章魚燒家族》（講談社），現居住大阪。

翻譯｜游珮芸

　　日本御茶水女子大學人文科學博士，現為國立臺東大學兒童文學研究所所長及副教授。

　　曾以筆名翻譯謝爾・希爾弗斯坦的《愛心樹》等作品。策畫星月書房Mini&Max系列，譯有《大海的朋友》、《我的漫畫人生》等書；亦企畫遠流出版社的故事繪本「小鱷魚史瓦尼」、「小象帕兒」系列，另譯有《愛思考的青蛙》、《生氣》、《小小1》等60餘本圖畫書。

　　著作有《日治時期臺灣的兒童文化》（獲金鼎獎第32屆最佳人文類圖書出版獎）、《宮崎駿動畫的「文法」：在動靜收放之間》、《大家來談宮崎駿》（編著）等。

精選圖畫書
蛀牙蟲家族大搬家
文・圖：西本康子｜翻譯：游珮芸

總編輯：鄭如瑤｜責任編輯：陳怡潔
美術編輯：張雅玫｜印務經理：黃禮賢
社長：郭重興｜發行人兼出版總監：曾大福
出版與發行：小熊出版・遠足文化事業股份有限公司
地址：231新北市新店區民權路108-2號9樓｜電話：02-22181417
傳真：02-86671851｜劃撥帳號：19504465｜戶名：遠足文化事業股份有限公司
客服專線：0800-221029｜E-mail：littlebear@bookrep.com.tw
Facebook：小熊出版｜讀書共和國出版集團網路書店：http://www.bookrep.com.tw
印製：漾格科技股份有限公司｜法律顧問：華洋國際專利商標事務所／蘇文生律師
初版一刷：2011年11月｜二版一刷：2019年1月｜二版五刷：2020年6月
定價：300元｜ISBN：978-957-8640-71-9

小熊出版讀者回函　　小熊出版官方網頁

蛀牙蟲家族大搬家

文‧圖／西本康子　　翻譯／游珮芸

某個人的牙齒裡，住著蛀牙蟲一家。
由於「刷牙」的緣故，
蛀牙蟲家族肚子總是餓得咕嚕咕嚕叫。
因為刷得太乾淨的家裡，
沒有食物可以吃。

於是，蛀牙蟲爸爸考慮之後說：
「我們搬到更好的房子去吧！
不用擔心錢的問題，
爸爸有很多存款喔！」

第二天，蛀牙蟲爸爸就到
「蛀牙蟲不動產」去找新房子。

「歡迎光臨！您想找什麼樣的房子呢？」
「嗯，是這樣的，能吃得飽飽的房子，
當然是最理想的囉！」
蛀牙蟲不動產的業務員興奮的說：
「這個正符合您的需要！
這一顆牙齒，非常適合您一家人。
既寬敞又舒適，不愁沒零食吃！
更棒的是，完全不必擔心刷牙的事喲！」

蛀牙蟲一家決定
搬到新家去。
這個新家真是棒極了！

蛋糕、餅乾、巧克力、
聖代、冰淇淋、湯圓串，
還有甜甜的果汁
也是隨便你喝到飽！

有一天， 遠房的表舅來投靠。
表舅瘦巴巴的， 走路搖搖晃晃…… 咚！
就這麼跌倒在地上。
「 我們家每天都被刷牙，
我的肚子餓扁了， 撐不下去啦！ 」

蛀ㄓㄨˋ牙ㄧㄚˊ蟲ㄔㄨㄥˊ爸ㄅㄚˋ爸ㄅㄚ為ㄨㄟˋ可ㄎㄜˇ憐ㄌㄧㄢˊ的ㄉㄜ表ㄅㄧㄠˇ舅ㄐㄧㄡˋ準ㄓㄨㄣˇ備ㄅㄟˋ了ㄌㄜ一ㄧˋ間ㄐㄧㄢ新ㄒㄧㄣ房ㄈㄤˊ間ㄐㄧㄢ。
叉ㄔㄚ叉ㄔㄚ戳ㄔㄨㄛ戳ㄔㄨㄛ挖ㄨㄚ了ㄌㄜ一ㄧˊ個ㄍㄜ洞ㄉㄨㄥˋ，塗ㄊㄨˊ抹ㄇㄛˇ上ㄕㄤ厚ㄏㄡˋ厚ㄏㄡˋ的ㄉㄜ黑ㄏㄟ油ㄧㄡˊ漆ㄑㄧ。
「怎ㄗㄣˇ麼ㄇㄜ看ㄎㄢˋ都ㄉㄡ是ㄕˋ黑ㄏㄟ色ㄙㄜˋ最ㄗㄨㄟˋ時ㄕˊ髦ㄇㄠˊ！」

蛀牙蟲爸爸還建造了
一間健身房。
所以蛀牙蟲的身體
一個個越來越強壯。

而且， 他們為了
在得意的豪宅開派對，
還建造了頂樓的露臺。

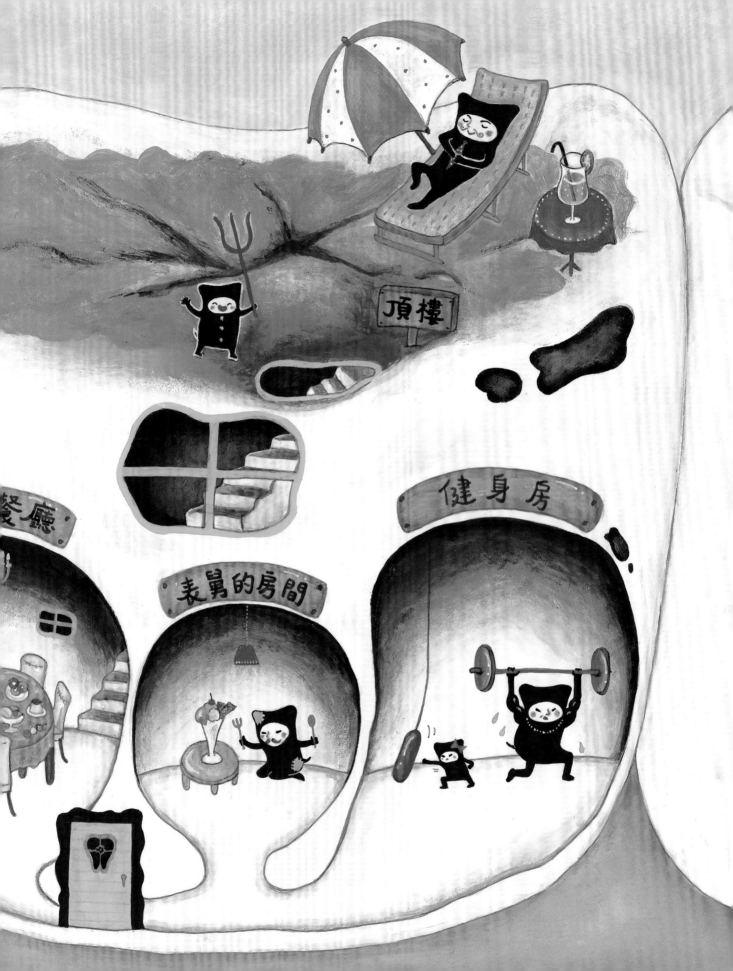

派對開始囉！
蛀牙蟲媽媽彈鋼琴，
孩子們打太鼓。
表舅唱了他最拿手的歌。
蛀牙蟲爸爸呢？
他在一旁跳著踢踏舞呢！

鋼琴的節奏鏘鏘鏘！
太鼓的節奏鼕鼕鼕！
歌曲和舞蹈鏘鏘鼕鼕！
　　　　鏘鏘鼕鼕！

就在這個時候， 突然，
一支金色的鐵怪冒出頭來。
「哇！ 是什麼有趣的節目
要上演了嗎？ 」
蛀牙蟲媽媽和孩子們興奮的
抬頭張望。

「咦？ 那種東西……
之前家裡有這玩意兒嗎？ 」
當蛀牙蟲爸爸感到不可思議，
正認真回想時，
蛀牙蟲不動產的業務員
匆忙的跑了進來。
「大、 大、 大事不好啦！
外面， 是、 是牙醫來了！ 」

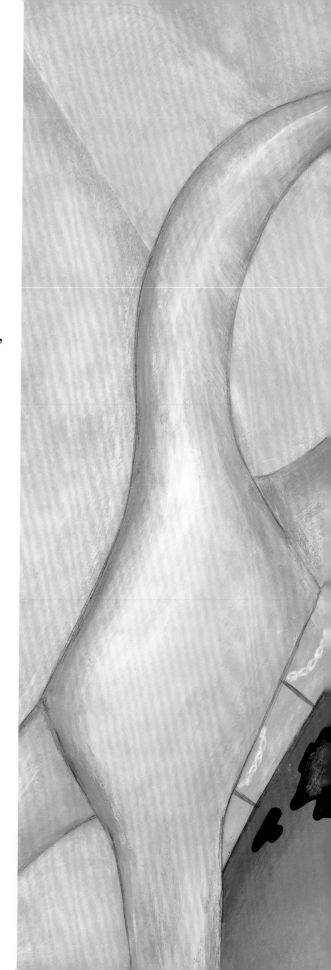

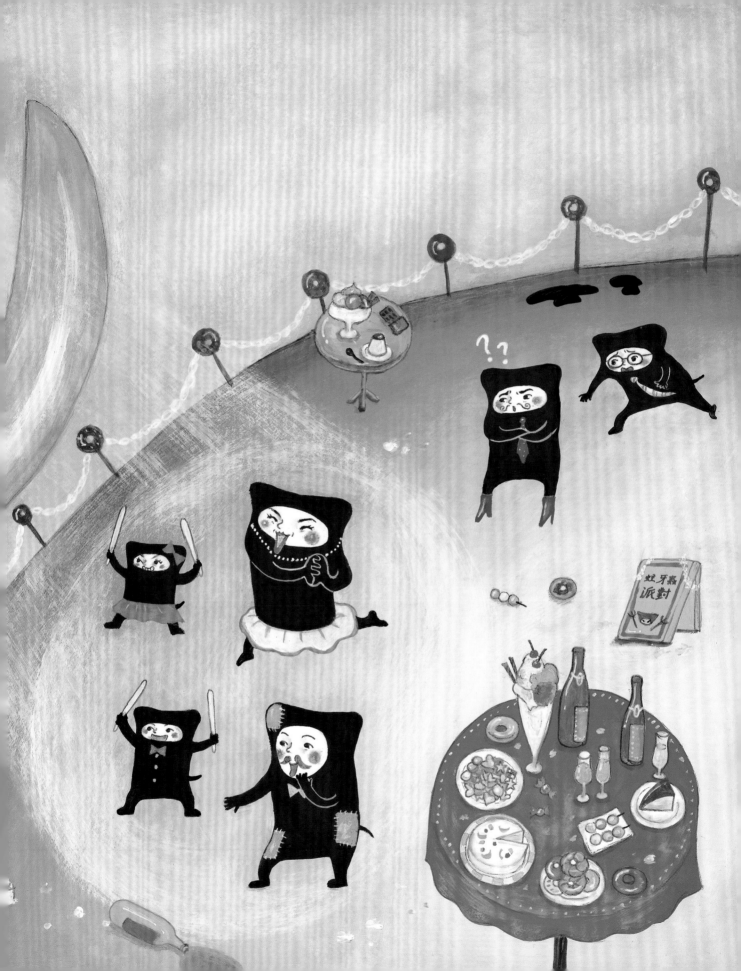

搖搖晃晃——

就在這個時候，地板開始劇烈的搖晃。

「地震！這是大地震啊！」

「大家，快躲到桌子底下去！」

「啊！」

派對現場亂成一團，

蛀牙蟲一家都嚇壞了。

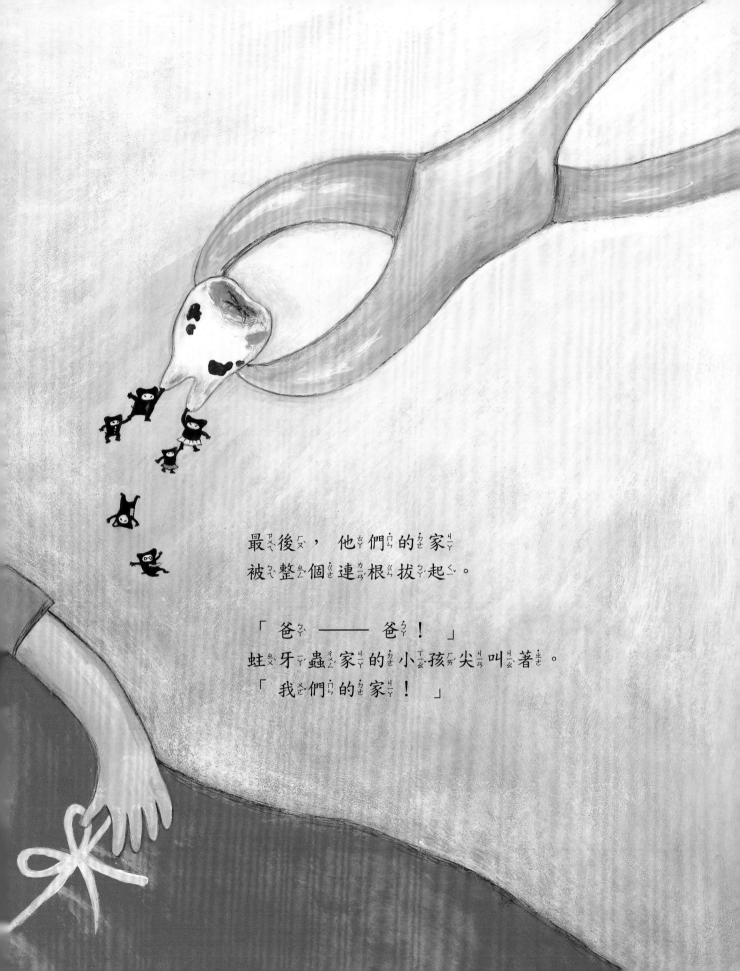

最後，他們的家
被整個連根拔起。

「爸——爸！」
蛀牙蟲家的小孩尖叫著。
「我們的家！」

看著橫躺著的房子，
媽媽很傷心的說：
「老公，這裡已經不能住了嗎？」

「住在被連根拔起的房子，
蛀牙蟲是活不下去的呀！
我們必須在活人的嘴巴裡才能生存……」

看著蛀牙蟲爸爸垂頭喪氣，
蛀牙蟲不動產的業務員說：
「請不要這麼氣餒，
還有很多不刷牙的房子，
可以供您挑選呢！」

後來，他們住過的
那個家的牙齒，
天天都被刷得亮晶晶！
於是，蛀牙蟲一家人
又搬到別的地方去了。

這次的房子
也有很多好吃的甜點，
哇！真是太棒了。
「這回我們把它
打造成大公寓，
讓親戚們也一起搬來住吧！」

蛀牙蟲爸爸這麼說，
就開始動手
叉叉戳戳挖起洞來了。

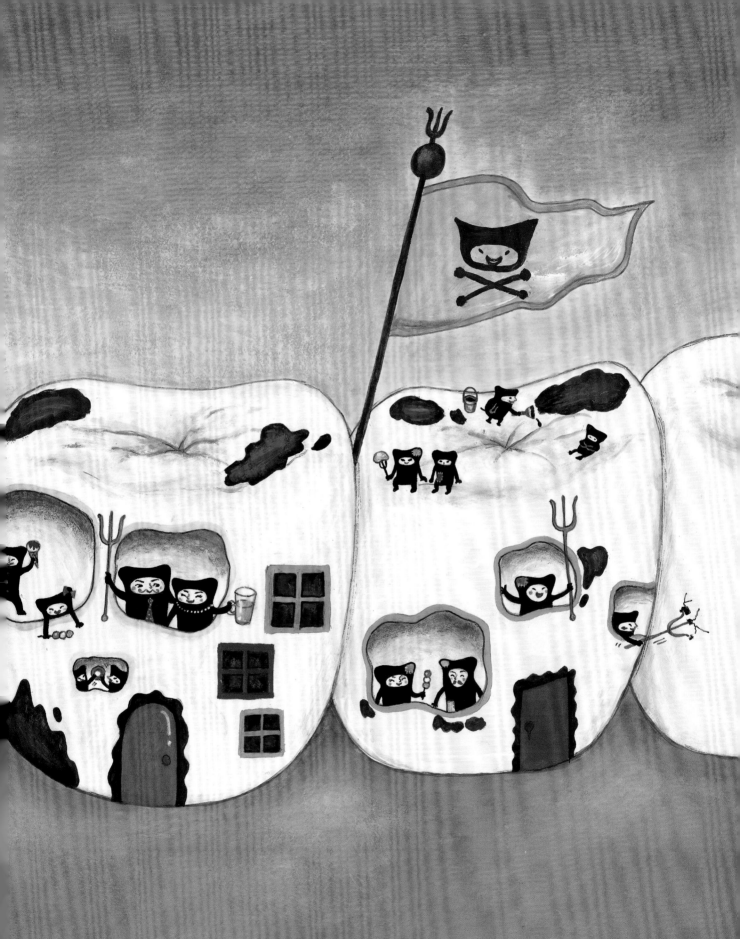

對_{ㄉㄨㄟ}了_{ㄌㄜ}，你_{ㄋㄧ}的_{ㄉㄜ}嘴_{ㄗㄨㄟ}巴_{ㄅㄚ}裡_{ㄌㄧ}，
不_{ㄅㄨ}會_{ㄏㄨㄟ}也_{ㄧㄝ}住_{ㄓㄨ}著_{ㄓㄜ}蛀_{ㄓㄨ}牙_{ㄧㄚ}蟲_{ㄔㄨㄥ}吧_{ㄅㄚ}……

幫助孩子從小養成良好的口腔保健習慣

文◎**劉正芬**／臺中榮總兒童牙科主任
前中華民國兒童牙科醫學會理事長

《蛀牙蟲家族大搬家》把造成蛀牙最重要的原因——細菌（蛀牙蟲）描繪的非常生動有趣。讓小朋友能透過故事了解細菌在「蛀牙」中扮演的重要角色；同時更將蛀牙的其他重要原因：甜食及口腔清潔一併涵蓋。

這本充滿了擬人、想像的圖畫書，其實還傳達了一個重要的訊息：「蛀牙是可以預防的」，只要父母了解正確的預防方法，就可以讓小孩免於蛀牙之苦。

預防蛀牙要從孩子一出生就開始。孩子出生時，若能餵母乳是最好的，如果無法餵母乳，而以奶瓶餵食，必須記得不能讓幼兒含著奶瓶睡覺，否則很容易造成發展快速、一次侵犯多顆前牙的「奶瓶性蛀牙」。這也是為什麼，經常見到才一、兩歲的幼兒，前排牙齒就蛀得很嚴重，三、四歲時前排牙齒就已經蛀光。因此，剛出生的幼兒，父母就要養成良好的餵食習慣，預防奶瓶性蛀牙，避免孩子因蛀牙而造成日後美觀及發音的嚴重問題。

正確的幼兒口腔保健，是孩子一歲至一歲半時，就至兒童牙科進行第一次的口腔檢查，往後則養成每三至六個月定期檢查一次的好習慣。定期檢查時，牙醫師會在適當的時間幫幼兒「塗氟」，預防蛀牙。千萬不要像本書中的小女孩，等到蛀牙了、牙痛了才去看牙醫師，多受苦。

當孩子從奶瓶餵食改為正常飲食時，父母更要幫他選擇健康的食物，含糖類高、黏滯性高的食物應盡量避免或減少，例如：糖果、蛋糕、含糖飲料……等，孩子才會有健康的牙齒和健康的身體。

從小朋友長第一顆牙開始，父母就要幫他刷牙。可選擇軟毛、頭小的一歲專用牙刷來刷。二歲時，就試著讓小朋友自己練習刷牙，但晚上睡覺前仍應由父母幫忙刷牙。直到小朋友上小學之後，才讓他負起刷牙的責任。從小養成口腔清潔的好習慣，對孩子一輩子的健康將有很大的幫助。

至於造成蛀牙的細菌，究竟是從哪裡來的呢？其實嬰兒剛出生時，口腔裡並沒有蛀牙菌，蛀牙菌大部分都是從照顧者（例如：父、母、祖父母或保母）的口中傳染過去。父母常在照顧幼兒時，不經意的將自己口中的細菌傳染給小孩，如：和小孩共用餐具、試吃小孩的食物……等。當細菌進入孩子的口中，再加上甜食的培育，慢慢就培植成深具威脅性的蛀牙菌。因此，難怪父母的牙齒不好，孩子的牙齒也會很差。牙齒不好的父母，更要避免將口中的細菌傳染給孩子，免得孩子和你一樣深受牙痛之苦！

蛀牙是可以預防的，而預防要從幼兒出生就開始，從小養成良好的口腔健康習慣，身體才會健康！

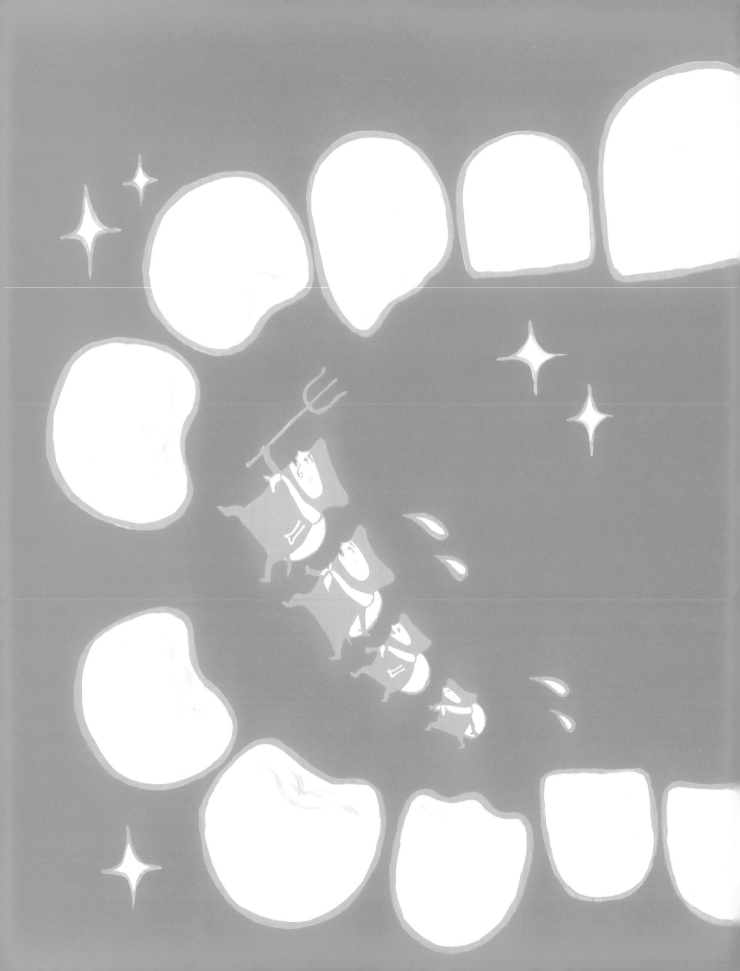